VIAJE DEL PARNASO

MIGUEL DE CERVANTES SAAVEDRA

Dirijo a vuesa merced este Viaje que hice al Parnaso, que no desdice a su edad florida, ni a sus loables y estudiosos ejercicios. Si vuesa merced le hace el acogimiento que yo espero de su condición ilustre, él quedará famoso en el mundo y mis deseos premiados. Nuestro Señor, &c.

Miguel de Cervantes Saavedra.

PRÓLOGO AL LECTOR

Si por ventura, lector curioso, eres poeta y llegare a tus manos (aunque pecadoras) este Viaje; si te hallares en él escrito y notado entre los buenos poetas, da gracias a Apolo por la merced que te hizo; y si no te hallares, también se las puedes dar. Y Dios te guarde.

D. Augustini de Casanate Rojas

EPIGRAMMA

Excute cæruleum, proles Saturnia, tergum,

verbera quadrigæ sentiat alma Tetis.

Agmen Apollineum, noua sacri iniuria ponti,

carmineis ratibus per freta tendit iter.

Proteus æquoreas pecudes, modulamina Triton,

monstra cauos latices obstupefacta sinunt.

At caueas tantæ torquent quæ mollis habenas,

carmina si excipias nulla tridentis opes.

Hesperiis Michael claros conduxit ab oris

in pelagus vates; delphica castra petit.

Imo age, pone metus, mediis subsiste carinis,

Parnasi in litus vela secunda gere.

EL AUTOR A SU PLUMA

Soneto

Pues veis que no me han dado algún soneto

que ilustre deste libro la portada,

venid vos, pluma mía mal cortada,

y hacedle, aunque carezca de discreto.

Haréis que escusó el temerario aprieto

de andar de una en otra encrucijada,

mendigando alabanzas, escusada

fatiga e impertinente, yo os prometo.

Todo soneto y rima allá se avenga,

y adorne los umbrales de los buenos,

aunque la adulación es de ruin casta.

Y dadme vos que este Viaje tenga

de sal un panecillo por lo menos,

que yo os le marco por vendible, y basta.

Un quídam Caporal italïano,

de patria perusino, a lo que entiendo,

de ingenio griego y de valor romano,

llevado de un capricho reverendo,

le vino en voluntad de ir a Parnaso,

por huir de la Corte el vario estruendo.

Solo y a pie partióse, y paso a paso

llegó donde compró una mula antigua,

de color parda y tartamudo paso.

Nunca a medroso pareció estantigua

mayor, ni menos buena para carga,

grande en los huesos y en la fuerza exigua,

corta de vista, aunque de cola larga,

estrecha en los ijares, y en el cuero

más dura que lo son los de una adarga.

Era de ingenio cabalmente entero:

caía en cualquier cosa fácilmente,

así en abril como en el mes de enero.

En fin, sobre ella el poetón valiente

llegó al Parnaso, y fue del rubio Apolo

agasajado con serena frente.

Contó, cuando volvió el poeta solo

y sin blanca a su patria, lo que en vuelo

llevó la fama deste al otro polo.

Yo, que siempre trabajo y me desvelo

por parecer que tengo de poeta

la gracia que no quiso darme el cielo,

quisiera despachar a la estafeta

mi alma, o por los aires, y ponella

sobre las cumbres del nombrado Oeta,

pues, descubriendo desde allí la bella

corriente de Aganipe, en un saltico

pudiera el labio remojar en ella,

y quedar del licor süave y rico

el pancho lleno, y ser de allí adelante

poeta ilustre, o al menos magnifico.

Mas mil inconvenientes al instante

se me ofrecieron, y quedó el deseo

en cierne, desvalido e ignorante.

Porque [en] la piedra que en mis hombros veo,

que la Fortuna me cargó pesada,

mis mal logradas esperanzas leo.

Las muchas leguas de la gran jornada

se me representaron, que pudieran

torcer la voluntad aficionada,

si en aquel mesmo istante no acudieran

los humos de la fama a socorrerme,

y corto y fácil el camino hicieran.

Dije entre mí: «si yo viniese a verme

en la difícil cumbre deste monte,

y una guirnalda de laurel ponerme,

no envidiaría el bien decir de Aponte,

ni del muerto Galarza la agudeza,

en manos blando, en lengua Rodomonte».

Mas, como de un error otro se empieza,

creyendo a mi deseo, di al camino

los pies, porque di al viento la cabeza.

En fin, sobre las ancas del Destino,

llevando a la Elección puesta en la silla,

hacer el gran vïaje determino.

Si esta cabalgadura maravilla,

sepa el que no lo sabe que se usa

por todo el mundo, no sólo en Castilla.

Ninguno tiene o puede dar escusa

de no oprimir desta gran bestia el lomo,

ni mortal caminante lo rehúsa.

Suele tal vez ser tan ligera como

va por el aire el águila o saeta,

y tal vez anda con los pies de plomo.

Pero, para la carga de un poeta,

siempre ligera, cualquier bestia puede

llevarla, pues carece de maleta;

que es caso ya infalible que, aunque herede

riquezas un poeta, en poder suyo

no aumentarlas, perderlas le sucede.

Desta verdad ser la ocasión arguyo

que tú, ¡oh gran padre Apolo!, les infundes

en sus intentos el intento tuyo.

Y, como no le mezclas ni confundes

en cosas de agibílibus rateras,

ni en el mar de ganancia vil le hundes,

ellos, o traten burlas o sean veras,

sin aspirar a la ganancia en cosa,

sobre el convexo van de las esferas,

pintando en la palestra rigurosa

las acciones de Marte, o entre las flores

las de Venus, más blanda y amorosa.

Llorando guerras o cantando amores,

la vida como en sueño se les pasa,

o como suele el tiempo a jugadores.

Son hechos los poetas de una masa

dulce, süave, correosa y tierna,

y amiga del hogar de ajena casa.

El poeta más cuerdo se gobierna

por su antojo baldío y regalado,

de trazas lleno y de ignorancia eterna.

Absorto en sus quimeras, y admirado

de sus mismas acciones, no procura

llegar a rico como a honroso estado.

Vayan, pues, los leyentes con letura,

cual dice el vulgo mal limado y bronco,

que yo soy un poeta desta hechura:

cisne en las canas, y en la voz un ronco

y negro cuervo, sin que el tiempo pueda

desbastar de mi ingenio el duro tronco;

y que en la cumbre de la varia rueda

jamás me pude ver sólo un momento,

pues cuando subir quiero, se está queda.

Pero, por ver si un alto pensamiento

se puede prometer feliz suceso,

seguí el viaje a paso tardo y lento.

Un candeal con ocho mis de queso

fue en mis alforjas mi repostería,

útil al que camina y leve peso.

«Adiós», dije a la humilde choza mía;

«adiós, Madrid; adiós tu Prado y fuentes,

que manan néctar, llueven ambrosía;

adiós, conversaciones suficientes

a entretener un pecho cuidadoso

y a dos mil desvalidos pretendientes;

adiós, sitio agradable y mentiroso,

do fueron dos gigantes abrasados

con el rayo de Júpiter fogoso;

adiós, teatros públicos, honrados

por la ignorancia que ensalzada veo

en cien mil disparates recitados;

adiós, de San Felipe el gran paseo,

donde si baja o sube el turco galgo,

como en gaceta de Venecia leo;

adiós, hambre sotil de algún hidalgo,

que por no verme ante tus puertas muerto,

hoy de mi patria y de mí mismo salgo».

Con esto, poco a poco llegué al puerto

a quien los de Cartago dieron nombre,

cerrado a todos vientos y encubierto;

a cuyo claro y sin igual renombre

se postran cuantos puertos el mar baña,

descubre el sol y ha navegado el hombre.

Arrojóse mi vista a la campaña

rasa del mar, que trujo a mi memoria

del heroico don Juan la heroica hazaña;

donde con alta de soldados gloria,

y con propio valor y airado pecho

tuve, aunque humilde, parte en la vitoria.

Allí, con rabia y con mortal despecho,

el otomano orgullo vio su brío

hollado y reducido a pobre estrecho.

Lleno, pues, de esperanzas y vacío

de temor, busqué luego una fragata

que efetuase el alto intento mío,

cuando por la, aunque azul, líquida plata

vi venir un bajel a vela y remo,

que tomar tierra en el gran puerto trata.

Del más gallardo y más vistoso estremo

de cuantos las espaldas de Neptuno

oprimieron jamás, ni más supremo,

cual éste, nunca vio bajel alguno

el mar, ni pudo verse en el armada

que destruyó la vengativa Juno;

no fue del vellocino a la jornada

Argos tan bien compuesta y tan pomposa,

ni de tantas riquezas adornada.

Cuando entraba en el puerto, la hermosa

Aurora por las puertas del Oriente

salía en trenza blanda y amorosa.

Oyóse un estampido de repente,

haciendo salva la real galera,

que despertó y alborotó la gente.

El son de los clarines la ribera

llenaba de dulcísima armonía,

y el de la chusma alegre y placentera.

Entrábanse las horas por el día,

a cuya luz, con distinción más clara,

se vio del gran bajel la bizarría.

Áncoras echa, y en el puerto para,

y arroja un ancho esquife al mar tranquilo

con música, con grita y algazara.

Usan los marineros de su estilo:

cubren la popa con tapetes tales,

que es oro y sirgo de su trama el hilo.

Tocan de la ribera los umbrales;

sale del rico esquife un caballero

en hombros de otros cuatro principales,

en cuyo traje y ademán severo

vi de Mercurio al vivo la figura,

de los fingidos dioses mensajero;

en el gallardo talle y compostura,

en los alados pies, y el caduceo,

símbolo de prudencia y de cordura,

digo que al mismo paraninfo veo,

que trujo mentirosas embajadas

a la tierra del alto Coliseo.

Vile, y apenas puso las aladas

plantas en las arenas, venturosas

por verse de divinos pies tocadas,

cuando yo, revolviendo cien mil cosas

en la imaginación, llegué a postrarme

ante las plantas por adorno hermosas.

Mandóme el dios parlero luego alzarme,

y, con medidos versos y sonantes,

desta manera comenzó a hablarme:

«¡Oh Adán de los poetas, oh Cervantes!

¿Qué alforjas y qué traje es éste, amigo,

que así muestra discursos ignorantes?»

Yo, respondiendo a su demanda, digo:

«Señor: voy al Parnaso, y, como pobre,

con este aliño mi jornada sigo».

Y él a mí dijo: «¡Oh sobrehumano y sobre

espíritu cilenio levantado,

toda abundancia y todo honor te sobre!

Que, en fin, has respondido a ser soldado

antiguo y valeroso, cual lo muestra

la mano de que estás estropeado.

Bien sé que en la naval dura palestra

perdiste el movimiento de la mano

izquierda, para gloria de la diestra;

y sé que aquel instinto sobrehumano

que de raro inventor tu pecho encierra

no te le ha dado el padre Apolo en vano.

Tus obras los rincones de la tierra,

llevándola[s] en grupa Rocinante,

descubren y a la envidia mueven guerra.

Pasa, raro inventor, pasa adelante

con tu sotil disinio, y presta ayuda

a Apolo, que la tuya es importante,

antes que el escuadrón vulgar acuda

de más de veinte mil sietemesinos

poetas que de serlo están en duda.

Llenas van ya las sendas y caminos

desta canalla inútil contra el monte,

que aun de estar a su sombra no son dignos.

Ármate de tus versos luego, y ponte

a punto de seguir este vïaje

conmigo, y a la gran obra dispónte;

conmigo, segurísimo pasaje

tendrás, sin que te empaches, ni procures

lo que suelen llamar matalotaje;

y, porque esta verdad que digo apures,

entra conmigo en mi galera y mira

cosas con que te asombres y asegures».

Yo, aunque pensé que todo era mentira,

entré con él en la galera hermosa

y vi lo que pensar en ello admira:

de la quilla a la gavia, ¡oh estraña cosa!,

toda de versos era fabricada,

sin que se entremetiese alguna prosa;

las ballesteras eran de ensalada

de glosas, todas hechas a la boda

de la que se llamó malmaridada;

era la chusma de romances toda,

gente atrevida, empero necesaria,

pues a todas acciones se acomoda;

la popa, de materia estraordinaria,

bastarda, y de legítimos sonetos,

de labor peregrina en todo y varia;

eran dos valentísimos tercetos

los espalderes de la izquierda y diestra,

para dar boga larga muy perfectos;

hecha ser la crujía se me muestra

de una luenga y tristísima elegía,

que no en cantar sino en llorar es diestra

(por ésta entiendo yo que se diría

lo que suele decirse a un desdichado

cuando lo pasa mal: «pasó crujía»);

el árbol, hasta el cielo levantado,

de una dura canción prolija estaba

de canto de seis dedos embreado;

él y la entena que por él cruzaba,

de duros estrambotes la madera

de que eran hechos claro se mostraba;

la racamenta, que es siempre parlera,

toda la componían redondillas,

con que ella se mostraba más ligera;

las jarcias parecían seguidillas

de disparates mil y más compuestas,

que suelen en el alma hacer cosquillas;

las rumbadas, fortísimas y honestas

estancias eran, tablas poderosas

que llevan un poema y otro a cuestas.

Era cosa de ver las bulliciosas

banderillas que al aire tremolaban,

de varias rimas algo licenciosas;

los grumetes, que aquí y allí cruzaban,

de encadenados versos parecían,

puesto que como libres trabajaban.

Todas las obras muertas componían

o versos sueltos, o sestinas graves,

que a la galera más gallarda hacían.

En fin, con modos blandos y süaves,

viendo Mercurio que yo visto había

el bajel, que es razón, lector, que alabes,

junto a sí me sentó, y su voz envía

a mis oídos en razones claras

y llenas de suavísima armonía,

diciendo: «Entre las cosas que son raras

y nuevas en el mundo y peregrinas,

verás, si en ello adviertes y reparas,

que es una este bajel de las más dignas

de admiración, que llegue a ser espanto

a naciones remotas y vecinas.

No le formaron máquinas de encanto,

sino el ingenio del divino Apolo,

que puede, quiere y llega y sube a tanto.

Formóle, ¡oh nuevo caso!, para sólo

que yo llevase en él cuantos poetas

hay desde el claro Tajo hasta Pactolo.

De Malta el gran maestre, a quien secretas

espías dan aviso que en Oriente

se aperciben las bárbaras saetas,

teme, y envía a convocar la gente

que sella con la blanca cruz el pecho,

porque en su fuerza su valor se aumente;

a cuya imitación, Apolo ha hecho

que los famosos vates al Parnaso

acudan, que está puesto en duro estrecho.

Yo, condolido del doliente caso,

en el ligero casco, ya instrüido

de lo que he de hacer, aguijo el paso:

de Italia las riberas he barrido;

he visto las de Francia y no tocado,

por venir sólo a España dirigido.

Aquí, con dulce y con felice agrado,

hará fin mi camino, a lo que creo,

y seré fácilmente despachado.

Tú, aunque en tus canas tu pereza veo,

serás el paraninfo de mi asumpto

y el solicitador de mi deseo.

Parte, y no te detengas sólo un punto,

y a los que en esta lista van escritos

dirás de Apolo cuanto aquí yo apunto».

Sacó un papel, y en él casi infinitos

nombres vi de poetas, en que había

yangüeses, vizcaínos y coritos.

Allí famosos vi de Andalucía,

y entre los castellanos vi unos hombres

en quien vive de asiento la poesía.

Dijo Mercurio: «Quiero que me nombres

desta turba gentil, pues tú lo sabes,

la alteza de su ingenio, con los nombres».

Yo respondí: «De los que son más graves

diré lo que supiere, por moverte

a que ante Apolo su valor alabes».

Él escuchó. Yo dije desta suerte.

DEL VIAJE DEL PARNASO, CAPÍTULO SEGUNDO

Colgado estaba de mi antigua boca

el dios hablante, pero entonces mudo

(que al que escucha, el guardar silencio toca),

cuando di de improviso un estornudo,

y, haciendo cruces por el mal agüero,

del gran Mercurio al mandamiento acudo.

Miré la lista, y vi que era el primero

el licenciado JUAN DE OCHOA, amigo

por poeta y cristiano verdadero;

deste varón en su alabanza digo

que puede acelerar y dar la muerte

con su claro discurso al enemigo,

y que si no se aparta y se divierte

su ingenio en la gramática española,

será de Apolo sin igual la suerte;

pues de su poesía, al mundo sola,

puede esperar poner el pie en la cumbre

de la incostante rueda o varia bola.

Éste que de los cómicos es lumbre,

que el licenciado POYO es su apellido,

no hay nube que a su sol claro deslumbre;

pero, como está siempre entretenido

en trazas, en quimeras e invenciones,

no ha de acudir a este marcial rüido.

Éste que en lista por tercero pones,

que HIPÓLITO se llama DE VERGARA,

si llevarle al Parnaso te dispones,

haz cuenta que en él llevas una jara,

una saeta, un arcabuz, un rayo

que contra la ignorancia se dispara.

Éste que tiene como mes de mayo

florido ingenio, y que comienza ahora

a hacer de sus comedias nuevo ensayo,

GODÍNEZ es. Y estotro que enamora

las almas con sus versos regalados,

cuando de amor ternezas canta o llora,

es uno que valdrá por mil soldados

cuando a la estraña y nunca vista empresa

fueren los escogidos y llamados;

digo que es don FRANCISCO, el que profesa

las armas y las letras con tal nombre,

que por su igual Apolo le confiesa;

es DE CALATAYUD su sobrenombre;

con esto queda dicho todo cuanto

puedo decir con que a la invidia asombre.

Éste que sigue es un poeta santo,

digo famoso: MIGUEL CID se llama,

que al coro de las Musas pone espanto.

Estotro que sus versos encarama

sobre los mismos hombros de Calisto,

tan celebrado siempre de la fama,

es aquel agradable, aquel bienquisto,

aquel agudo, aquel sonoro y grave

sobre cuantos poetas Febo ha visto;

aquel que tiene de escribir la llave

con gracia y agudeza en tanto estremo,

que su igual en el orbe no se sabe:

es don LUIS DE GÓNGORA, a quien temo

agraviar en mis cortas alabanzas,

aunque las suba al grado más supremo.

¡Oh tú, divino espíritu, que alcanzas

ya el premio merecido a tus deseos

y a tus bien colocadas esperanzas;

ya en nuevos y justísimos empleos,

divino HERRERA, tu caudal se aplica,

aspirando del cielo a los trofeos!

Ya de tu hermosa Luz, y clara, y rica,

el bello resplandor miras seguro,

en la que [el] alma tuya beatifica;

y, arrimada tu yedra al fuerte muro

de la inmortalidad, no estimas cuanto

mora en las sombras deste mundo escuro.

Y tú, don JUAN DE JÁURIGUI, que a tanto

el sabio curso de tu pluma aspira,

que sobre las esferas le levanto,

aunque Lucano por tu voz respira,

déjale un rato y, con piadosos ojos,

a la necesidad de Apolo mira;

que te están esperando mil despojos

de otros mil atrevidos, que procuran

fértiles campos ser, siendo rastrojos.

Y tú, por quien las Musas aseguran

su partido, don FÉLIX ARIAS, siente

que por su gentileza te conjuran

y ruegan que defiendas desta gente

non sancta su hermosura, y de Aganipe

y de Hipocrene la inmortal corriente.

¿Consentirás tú, a dicha, participe

del licor suavísimo un poeta

que al hacer de sus versos sude y hipe?

No lo consentirás, pues tu discreta

vena, abundante y rica, no permite

cosa que sombra tenga de imperfecta.

«Señor, éste que aquí viene se quite»,

dije a Mercurio, «que es un chacho necio

que juega, y es de sátiras su envite.

Éste sí que podrás tener en precio,

que es ALONSO DE SALAS BARBADILLO,

a quien me inclino y sin medida aprecio.

Éste que viene aquí, si he de decillo,

no hay para qué le embarques; y así, puedes

borrarle». Dijo el dios: «Gusto de oíllo».

«Es un cierto rapaz, que a Ganimedes

quiere imitar, vistiéndose a lo godo;

y así, aconsejo que sin él te quedes.

No lo harás con éste dese modo,

que es el gran LUIS CABRERA, que, pequeño,

todo lo alcanza, pues lo sabe todo;

es de la historia conocido dueño,

y en discursos discretos tan discreto,

que a Tácito verás si te le enseño.

Éste que viene es un galán sujeto

de la varia fortuna a los vaivenes

y del mudable tiempo al duro aprieto:

un tiempo rico de caducos bienes,

y ahora de los firmes e inmudables

más rico, a tu mandar firme le tienes;

pueden los altos riscos siempre estables

ser tocados del mar, mas no movidos

de sus ondas en cursos varïables;

ni menos a la tierra trae rendidos

los altos cedros Bóreas, cuando, airado,

quiere humillar los más fortalecidos.

Y éste que vivo ejemplo nos ha dado

desta verdad con tal filosofía,

don LORENZO RAMÍREZ es DE PRADO.

Déste que se le sigue aquí diría

que es don ANTONIO DE MONROY, que veo

en él lo que es ingenio y cortesía;

satisfación al más alto deseo

puede dar de valor heroico y ciencia,

pues mil descubro en él y otras mil creo.

Éste es un caballero de presencia

agradable y que tiene de Torcato

el alma sin alguna diferencia;

de don ANTONIO DE PAREDES trato,

a quien dieron las Musas, sus amigas,

en tierna edad anciano ingenio y trato.

Éste que por llevarle te fatigas,

es don ANTONIO DE MENDOZA, y veo

cuánto en llevarle al sacro Apolo obligas.

Éste que de las Musas es recreo,

la gracia y el donaire y la cordura,

que de la discreción lleva el trofeo,

es PEDRO DE MORALES, propria hechura

del gusto cortesano, y es asilo

adonde se repara mi ventura.

Éste, aunque tiene parte de Zoílo,

es el grande ESPINEL, que en la guitarra

tiene la prima y en el raro estilo.

Éste que tanto allá tira la barra

que las cumbres se deja atrás de Pindo,

que jura, que vocea y que desgarra,

tiene más de poeta que de lindo,

y es JUSEPE DE VARGAS, cuyo astuto

ingenio y rara condición deslindo.

Éste, a quien pueden dar justo tributo

la gala y el ingenio que más pueda

ofrecer a las Musas flor y fruto,

es el famoso ANDRÉS DE BALMASEDA,

de cuyo grave y dulce entendimiento

el magno Apolo satisfecho queda.

Éste es ENCISO, gloria y ornamento

del Tajo, y claro honor de Manzanares,

que con tal hijo aumenta su contento.

Éste, que es escogido entre millares,

de GUEVARA LUIS VÉLEZ es el bravo,

que se puede llamar quitapesares;

es poeta gigante, en quien alabo

el verso numeroso, el peregrino

ingenio, si un Gnatón nos pinta, o un Davo.

Éste es don JUAN DE ESPAÑA, que es más digno

de alabanzas divinas que de humanas,

pues en todos sus versos es divino.

Éste, por quien de Luso están ufanas

las Musas, es SILVEIRA, aquel famoso

que por llevarle con razón te afanas.

Éste que se le sigue es el curioso

gran don PEDRO DE HERRERA, conocido

por de ingenio elevado en punto honroso.

Éste que de la cárcel del olvido

sacó otra vez a Proserpina hermosa,

con que a España y al Dauro ha enriquecido,

verásle, en la contienda rigurosa

que se teme y se espera en nuestros días

(culpa de nuestra edad poco dichosa),

mostrar de su valor las lozanías;

pero ¿qué mucho, si es aquéste el docto

y grave don FRANCISCO DE FARÍAS?

Éste, de quien yo fui siempre devoto,

oráculo y Apolo de Granada,

y aun deste clima nuestro y del remoto,

PEDRO RODRÍGUEZ es. Éste es TEJADA,

de altitonantes versos y sonoros,

con majestad en todo levantada.

Éste que brota versos por los poros

y halla patria y amigos dondequiera,

y tiene en los ajenos sus tesoros,

es MEDINILLA, el que la vez primera

cantó el Romance de la tumba escura,

entre cipreses puestos en hilera.

Éste que en verdes años se apresura

y corre al sacro lauro, es don FERNANDO

BERMÚDEZ, donde vive la cordura.

Éste es aquel poeta memorando

que mostró de su ingenio la agudeza,

en las selvas de Erífile cantando.

Éste que la coluna nueva empieza,

con estos dos que con su ser convienen,

nombrarlos aun lo tengo por bajeza.

MIGUEL CEJUDO y MIGUEL SÁNCHEZ vienen

juntos aquí, ¡oh par sin par!; en éstos

las sacras Musas fuerte amparo tienen;

que en los pies de sus versos bien compuestos,

llenos de erudición rara y dotrina,

al ir al grave caso serán prestos.

Este gran caballero, que se inclina

a la lección de los poetas buenos,

y al sacro monte con su luz camina,

don FRANCISCO DE SILVA es por lo menos;

¿qué será por lo más? ¡Oh edad madura

en verdes años de cordura llenos!

Don GABRIEL GÓMEZ viene aquí; segura

tiene con él Apolo la vitoria

de la canalla siempre necia y dura.

Para honor de su ingenio, para gloria

de su florida edad, para que admire

siempre de siglo en siglo su memoria,

en este gran sujeto se retire

y abrevie la esperanza deste hecho,

y Febo al gran VALDÉS atento mire.

Verá en él un gallardo y sabio pecho,

un ingenio sutil y levantado,

con que le deje en todo satisfecho.

FIGUEROA es estotro, el doctorado,

que cantó de Amarili la costancia

en dulce prosa y verso regalado.

Cuatro vienen aquí en poca distancia,

con mayúsculas letras de oro escritos,

que son del alto asumpto la importancia;

de tales cuatro, siglos infinitos

durará la memoria, sustentada

en la alta gravedad de sus escritos;

del claro Apolo la real morada,

si viniere a caer de su grandeza,

será por estos cuatro levantada;

en ellos nos cifró Naturaleza

el todo de las partes, que son dignas

de gozar celsitud, que es más que alteza.

Esta verdad, gran CONDE DE SALINAS,

bien la acreditas con tus raras obras,

que en los términos tocan de divinas.

Tú, el de ESQUILACHE PRÍNCIPE, que cobras

de día en día crédito tamaño,

que te adelantas a ti mismo y sobras,

serás escudo fuerte al grave daño

que teme Apolo, con ventajas tantas,

que no te espere el escuadrón tacaño.

Tú, CONDE DE SALDAÑA, que con plantas

tiernas pisas de Pindo la alta cumbre,

y en alas de tu ingenio te levantas,

hacha has de ser de inestinguible lumbre,

que guíe al sacro monte al deseoso

de verse en él, sin que la luz deslumbre.

Tú, el de VILLAMEDIANA, el más famoso

de cuantos entre griegos y latinos

alcanzaron el lauro venturoso,

cruzarás por las sendas y caminos

que al monte guían, porque más seguros

lleguen a él los simples peregrinos;

a cuya vista destos cuatro muros

de Parnaso, caerán las arrogancias

de los mancebos, sobre necios, duros.

¡Oh cuántas y cuán graves circustancias

dijera destos cuatro, que felices

aseguran de Apolo las ganancias!

Y más, si se les llega el DE ALCAÑICES

MARQUÉS insigne, harán (puesto que hay una

en el mundo no más) cinco fenices;

cada cual de por sí será coluna

que sustente y levante el idificio

de Febo sobre el cerco de la luna.

Éste, puesto que acude al grave oficio

en que se ocupa, el lauro [y] palma lleva,

que Apolo da por honra y beneficio;

en esta ciencia es maravilla nueva,

y en la jurispericia único y raro:

su nombre es don FRANCISCO DE LA CUEVA.

Éste, que con Homero le comparo,

es el gran don RODRIGO DE HERRERA,

insigne en letras y en virtudes raro.

Éste que se le sigue es el DE VERA

DON JUAN, que por su espada y por su pluma

le honran en la quinta y cuarta esfera.

Éste que el cuerpo y aun el alma bruma

de mil, aunque no muestra ser cristiano,

sus escritos el tiempo no consuma».

Cayóseme la lista de la mano

en este punto, y dijo el dios: «Con éstos

que has referido está el negocio llano.

Haz que con pies y pensamientos prestos

vengan aquí, donde aguardando quedo

la fuerza de tan válidos supuestos».

«Mal podrá don FRANCISCO DE QUEVEDO

venir», dije yo entonces; y él me dijo:

«Pues partirme sin él de aquí no puedo.

Ése es hijo de Apolo, ése es hijo

de Calíope Musa; no podemos

irnos sin él, y en esto estaré fijo;

es el flagelo de poetas memos,

y echará a puntillazos del Parnaso

los malos que esperamos y tenemos».

«¡Oh señor», repliqué, «que tiene el paso

corto y no llegará en un siglo entero!»

«Deso», dijo Mercurio, «no hago caso,

que el poeta que fuere caballero,

sobre una nube entre pardilla y clara

vendrá muy a su gusto caballero».

«Y el que no», pregunté, «¿qué le prepara

Apolo? ¿Qué carrozas, o qué nubes?

¿Qué dromerio, o alfana en paso rara?»

«Mucho», me respondió, «mucho te subes

en tus preguntas; calla y obedece».

«Sí haré, pues no es infando lo que jubes».

Esto le respondí, y él me parece

que se turbó algún tanto; y en un punto

el mar se turba, el viento sopla y crece.

Mi rostro entonces, como el de un difunto

se debió de poner; y sí haría,

que soy medroso, a lo que yo barrunto.

Vi la noche mezclarse con el día;

las arenas del hondo mar alzarse

a la región del aire, entonces fría.

Todos los elementos vi turbarse:

la tierra, el agua, el aire, y aun el fuego

vi entre rompidas nubes azorarse.

Y, en medio deste gran desasosiego,

llovían nubes de poetas llenas

sobre el bajel, que se anegara luego,

si no acudieran más de mil sirenas

a dar de azotes a la gran borrasca,

que hacía el saltarel por las entenas.

Una, que ser pensé Juana la Chasca,

de dilatado vientre y luengo cuello,

pintiparado a aquel de la tarasca,

se llegó a mí, y me dijo: «De un cabello

deste bajel estaba la esperanza

colgada, a no venir a socorrello.

Traemos, y no es burla, a la Bonanza,

que estaba descuidada oyendo atenta

los discursos de un cierto Sancho Panza».

En esto, sosegóse la tormenta,

volvió tranquilo el mar, serenó el cielo,

que al regañón el céfiro le ahuyenta.

Volví la vista, y vi en ligero vuelo

una nube romper el aire claro,

de la color del condensado yelo.

¡Oh maravilla nueva! ¡Oh caso raro!

Vilo, y he de decillo, aunque se dude

del hecho que por brújula declaro.

Lo que yo pude ver, lo que yo pude

notar fue que la nube, dividida

en dos mitades, a llover acude.

Quien ha visto la tierra prevenida

con tal disposición que, cuando llueve

(cosa ya averiguada y conocida),

de cada gota en un instante breve

del polvo se levanta o sapo o rana,

que a saltos o despacio el paso mueve,

tal se imagine ver, ¡oh soberana

virtud!, de cada gota de la nube

saltar un bulto, aunque con forma humana.

Por no creer esta verdad estuve

mil veces; pero vila con la vista,

que entonces clara y sin legañas tuve.

Eran aquestos bultos de la lista

pasada los poetas referidos,

a cuya fuerza no hay quien la resista.

Unos por hombres buenos conocidos,

otros de rumbo y hampo, y Dios es Cristo,

poquitos bien y muchos mal vestidos.

Entre ellos parecióme de haber visto

a don ANTONIO DE GALARZA el bravo,

gentilhombre de Apolo y muy bienquisto.

El bajel se llenó de cabo a cabo,

y su capacidad a nadie niega

copioso asiento, que es lo más que alabo.

Llovió otra nube al gran LOPE DE VEGA,

poeta insigne, a cuyo verso o prosa

ninguno le aventaja, ni aun le llega.

Era cosa de ver maravillosa

de los poetas la apretada enjambre,

en recitar sus versos muy melosa:

éste muerto de sed, aquél de hambre.

Yo dije, viendo tantos, con voz alta:

«¡Cuerpo de mí con tanta poetambre!»

Por tantas sobras conoció una falta

Mercurio, y, acudiendo a remedialla,

ligero en la mitad del bajel salta;

y con una zaranda que allí halla,

no sé si antigua o si de nuevo hecha,

zarandó mil poetas de gramalla.

Los de capa y espada no desecha,

y déstos zarandó dos mil y tantos;

que fue de guilla entonces la cosecha:

colábanse los buenos y los santos,

y quedábanse arriba los granzones,

más duros en sus versos que los cantos;

y, sin que les valiesen las razones

que en su disculpa daban, daba luego

Mercurio al mar con ellos a montones.

Entre los arrojados, se oyó un ciego,

que murmurando entre las ondas iba

de Apolo con un pésete y reniego.

Un sastre, aunque en sus pies flojos estriba,

abriendo con los brazos el camino,

dijo: «¡Sucio es Apolo, así yo viva!»

Otro, que al parecer iba mohíno,

con ser un zapatero de obra prima,

dijo dos mil, no un solo desatino.

Trabaja un tundidor, suda y se anima

por verse a la ribera conducido,

que más la vida que la honra estima.

El escuadrón nadante, reducido

a la marina, vuelve a la galera

el rostro, con señales de ofendido;

y [u]no por todos dijo: «Bien pudiera

ese chocante embajador de Febo

tratarnos bien, y no desta manera.

Mas oigan lo que digo: yo me atrevo

a profanar del monte la grandeza

con libros nuevos y en estilo nuevo».

Calló Mercurio, y a poner empieza

con gran curiosidad seis camarines,

dando a la gracia ilustre rancho y pieza.

De nuevo resonaron los clarines;

y así, Mercurio, lleno de contento,

sin darle mal agüero los delfines,

remos al agua dio, velas al viento.

Eran los remos de la real galera

de esdrújulos, y dellos compelida

se deslizaba por el mar ligera.

Hasta el tope la vela iba tendida,

hecha de muy delgados pensamientos,

de varios lizos por amor tejida.

Soplaban dulces y amorosos vientos,

todos en popa, y todos se mostraban

al gran vïaje solamente atentos.

Las sirenas en torno navegaban,

dando empellones al bajel lozano,

con cuya ayuda en vuelo le llevaban.

Semejaban las aguas del mar cano

colchas encarrujadas, y hacían

azules visos por el verde llano.

Todos los del bajel se entretenían:

unos glosando pies dificultosos,

otros cantaban, otros componían;

otros, de los tenidos por curiosos,

referían sonetos, muchos hechos

a diferentes casos amorosos;

otros, alfeñicados y deshechos

en puro azúcar, con la voz süave,

de su melifluidad muy satisfechos,

en tono blando, sosegado y grave,

églogas pastorales recitaban,

en quien la gala y la agudeza cabe;

otros de sus señoras celebraban,

en dulces versos, de la amada boca

los escrementos que por ella echaban.

Tal hubo a quien amor así le toca,

que alabó los riñones de su dama

con gusto grande y no elegancia poca.

Uno cantó que la amorosa llama

en mitad de las aguas le encendía,

y como toro agarrochado brama.

Desta manera andaba la Poesía

de en uno en otro, haciendo que hablase

éste latín, aquél algarabía.

En esto, sesga la galera, vase

rompiendo el mar con tanta ligereza,

que el viento aun no consie[n]te que la pase;

y, en esto, descubrióse la grandeza

de la escombrada playa de Valencia,

por arte hermosa y por naturaleza.

Hizo luego de sí grata presencia

el gran don LUIS FERRER, marcado el pecho

de honor y el alma de divina ciencia;

desembarcóse el dios, y fue derecho

a darle cuatro mil y más abrazos,

de su vista y su ayuda satisfecho.

Volvió la vista, y reiteró los lazos

en don GUILLÉN DE CASTRO, que venía

deseoso de verse en tales brazos.

CRISTÓBAL DE VIRUÉS se le seguía,

con PEDRO DE AGUILAR, junta famosa

de las que Turia en sus riberas cría.

No le pudo llegar más valerosa

escuadra al gran Mercurio, ni él pudiera

desearla mejor ni más honrosa.

Luego se descubrió por la ribera

un tropel de gallardos valencianos,

que a ver venían la sin par galera;

todos con instrumentos en las manos

de estilos y librillos de memoria,

por bizarría y por ingenio ufanos,

codiciosos de hallarse en la vitoria,

que ya tenían por segura y cierta,

de las heces del mundo y de la escoria.

Pero Mercurio les cerró la puerta,

digo, no consintió que se embarcasen,

y el porqué no lo dijo, aunque se acierta.

Y fue, porque temió que no se alzasen,

siendo tantos y tales, con Parnaso,

y nuevo imperio y mando en él fundasen.

En esto, viose con brïoso paso

venir al magno ANDRÉS REY DE ARTIEDA,

no por la edad descaecido o laso;

hicieron todos espaciosa rueda,

y, cogiéndole en medio, le embarcaron,

más rico de valor que de moneda.

Al momento las áncoras alzaron,

y las velas, ligadas a la entena,

los grumetes apriesa desataron.

De nuevo por el aire claro suena

el son de los clarines, y de nuevo

vuelve a su oficio cada cual sirena.

Miró el bajel por entre nubes Febo,

y dijo en voz que pudo ser oída:

«Aquí mi gusto y mi esperanza llevo».

De remos y sirenas impelida,

la galera se deja atrás el viento,

con milagrosa y próspera corrida.

Leíase en los rostros el contento

que llevaban los sabios pasajeros,

durable por no ser nada violento.

Unos por el calor iban en cueros;

otros, por no tener godescas galas,

en traje se vistieron de romeros.

Hendía en tanto las neptúneas salas

la galera, del modo como hiende

la grulla el aire con tendidas alas.

En fin, llegamos donde el mar se estiende

y ensancha y forma el golfo de Narbona,

que de ningunos vientos se defiende.

Del gran Mercurio la cabal persona,

sobre seis resmas de papel sentada,

iba con cetro y con real corona;

cuando una nube, al parecer preñada,

parió cuatro poetas en crujía,

o los llovió (razón más concertada).

Fue el uno aquél de quien Apolo fía

su honra: JUAN LUIS DE CASANATE,

poeta insigne de mayor cuantía;

el mismo Apolo de su ingenio trate,

él le alabe, él le premie y recompense,

que el alabarle yo sería dislate.

Al segundo llovido, el uticense

Catón no le igualó, ni tiene Febo

que tanto por él mire ni en él piense;

del contador GASPAR DE BARRIONUEVO,

mal podrá el corto flaco ingenio mío

loar el suyo así como yo debo.

Llenó del gran bajel el gran vacío

el gran FRANCISCO DE RIOJA, al punto

que saltó de la nube en el navío.

A CRISTÓBAL DE MESA vi allí junto

a los pies de Mercurio, dando fama

a Apolo, siendo dél propio trasumpto.

A la gavia un grumete se encarama,

y dijo a voces: «La ciudad se muestra

que Génova, del dios Jano, se llama».

«Déjese la ciudad a la siniestra

mano», dijo Mercurio; «el bajel vaya,

y siga su derrota por la diestra».

Hacer al Tíber vimos blanca raya

dentro del mar, habiendo ya pasado

la ancha, romana y peligrosa playa.

De lejos viose el aire condensado

del humo que el Estrómbalo vomita,

de azufre y llamas y de horror formado.

Huyen la isla infame, y solicita

el süave poniente así el viaje,

que lo acorta, lo allana y facilita.

Vímonos en un punto en el paraje

do la nutriz de Eneas pïadoso

hizo el forzoso y último pasaje.

Vimos desde allí a poco el más famoso

monte que encierra en sí nuestro emisfero,

más gallardo a la vista y más hermoso;

las cenizas de Títiro y Sincero

están en él, y puede ser por esto

nombrado entre los montes por primero.

Luego se descubrió donde echó el resto

de su poder Naturaleza, amiga

de formar de otros muchos un compuesto.

Viose la pesadumbre sin fatiga

de la bella Parténope, sentada

a la orilla del mar, que sus pies liga,

de castillos y torres coronada,

por fuerte y por hermosa en igual grado

tenida, conocida y estimada.

Mandóme el del alígero calzado

que me aprestase y fuese luego a tierra

a dar a los LUPERCIOS un recado,

en que les diese cuenta de la guerra

temida, y que a venir les persuadiese

al duro y fiero asalto, al ¡cierra, cierra!

«Señor», le respondí, «si acaso hubiese

otro que la embajada les llevase,

que más grato a los dos hermanos fuese

que yo no soy, sé bien que negociase

mejor». Dijo Mercurio: «No te entiendo,

y has de ir antes que el tiempo más se pase».

«Que no me han de escuchar estoy temiendo»,

le repliqué; «y así, el ir yo no importa,

puesto que en todo obedecer pretendo.

Que no sé quién me dice y quién me exhorta

que tienen para mí, a lo que imagino,

la voluntad, como la vista, corta.

Que si esto así no fuera, este camino

con tan pobre recámara no hiciera,

ni diera en un tan hondo desatino.

Pues si alguna promesa se cumpliera

de aquellas muchas que al partir me hicieron,

lléveme Dios si entrara en tu galera.

Mucho esperé, si mucho prometieron,

mas podía ser que ocupaciones nuevas

les obligue a olvidar lo que dijeron.

Muchos, señor, en la galera llevas

que te podrán sacar el pie del lodo:

parte, y escusa de hacer más pruebas».

«Ninguno», dijo, «me hable dese modo,

que si me desembarco y los embisto,

voto a Dios, que me traiga al Conde y todo.

Con estos dos famosos me enemisto,

que, habiendo levantado a la Poesía

al buen punto en que está, como se ha visto,

quieren con perezosa tiranía

alzarse, como dicen, a su mano

con la ciencia que a ser divinos guía.

¡Por el solio de Apolo soberano

juro...! Y no digo más». Y, ardiendo en ira,

se echó a las barbas una y otra mano,

y prosiguió diciendo: «El dotor MIRA,

apostaré, si no lo manda el Conde,

que también en sus puntos se retira.

Señor galán, parezca: ¿a qué se asconde?

Pues a fee, por llevarle, si él no gusta,

que ni le busque, aseche ni le ronde.

¿Es esta empresa acaso tan injusta

que se esquiven de hallar en ella cuantos

tienen conciencia limitada y justa?

¿Carece el cielo de poetas santos,

puesto que brote a cada paso el suelo

poetas, que lo son tantos y tantos?

¿No se oyen sacros himnos en el cielo?

¿La arpa de David allá no suena,

causando nuevo acidental consuelo?

¡Fuera melindres! ¡Ícese la entena,

que llegue al tope!» Y luego obedecido

fue de la chusma, sobre buenas buena.

Poco tiempo pasó, cuando un rüido

se oyó, que los oídos atronaba,

y era de perros áspero ladrido.

Mercurio se turbó, la gente estaba

suspensa al triste son, y en cada pecho

el corazón más válido temblaba.

En esto descubrióse el corto estrecho

que Scila y que Caribdis espantosas

tan temeroso con su furia han hecho.

«Estas olas que veis presunt[ü]osas

en visitar las nubes de contino,

y aun de tocar el cielo codiciosas,

venciólas el prudente peregrino

amante de Calipso, al tiempo cuando

hizo», dijo Mercurio, «este camino.

Su prudencia nosotros imitando,

echaremos al mar en qué se ocupen,

en tanto que el bajel pasa volando,

que en tanto que ellas tasquen, roan, chupen

el mísero que al mar ha de entregarse,

seguro estoy que el paso desocupen.

Miren si puede en la galera hallarse

algún poeta desdichado, acaso,

que a las fieras gargantas pueda darse».

Buscáronle y hallaron a LOFRASO,

poeta militar, sardo, que estaba

desmayado a un rincón, marchito y laso;

que a sus Diez libros de Fortuna andaba

añadiendo otros diez, y el tiempo escoge

que más desocupado se mostraba.

Gritó la chusma toda: «¡Al mar se arroje;

vaya Lofraso al mar sin resistencia!»

«Por Dios», dijo Mercurio, «que me enoje.

¿Cómo, y no será cargo de conciencia,

y grande, echar al mar tanta poesía,

puesto que aquí nos hunda su inclemencia?

Viva Lofraso, en tanto que dé al día

Apolo luz, y en tanto que los hombres

tengan discreta, alegre fantasía.

Tócante a ti, ¡oh Lofraso!, los renombres

y epítetos de agudo y de sincero,

y gusto que mi cómitre te nombres».

Esto dijo Mercurio al caballero,

el cual en la crujía en pie se puso

con un rebenque despiadado y fiero.

Creo que de sus versos le compuso,

y no sé cómo fue, que, en un momento

(o ya el cielo, o Lofraso lo dispuso),

salimos del estrecho a salvamento,

sin arrojar al mar poeta alguno:

¡tanto del sardo fue el merecimiento!

Mas luego otro peligro, otro importuno

temor amenazó, si no gritara

Mercurio cual jamás gritó ninguno,

diciendo al timonero: «¡A orza, para,

amáinese de golpe!» Y todo a un punto

se hizo, y el peligro se repara.

«Estos montes que veis, que están tan junto

son los que Acroceraunos son llamados,

de infame nombre, como yo barrunto».

Asieron de los remos los honrados,

los tiernos, los melifluos, los godescos,

y los de a cantimplora acostumbrados;

los fríos los asieron y los frescos;

asiéronlos también los calurosos,

y los de calzas largas y greguescos;

del sopraestante daño temerosos,

todos a una la galera empujan

con flacos y con brazos poderosos.

Debajo del bajel se somurmujan

las sirenas, que dél no se apartaron,

y a sí mismas en fuerzas sobrepujan;

y en un pequeño espacio la llevaron

a vista de Corfú, y a mano diestra

la isla inexpugnable se dejaron;

y, dando la galera a la siniestra,

discurría de Grecia las riberas,

adonde el cielo su hermosura muestra.

Mostrábanse las olas lisonjeras,

impeliendo el bajel süavemente,

como burlando con alegres veras.

Y luego, al parecer por el Oriente

rayando el rubio sol nuestro horizonte

con rayas rojas, hebras de su frente,

gritó un grumete y dijo: «El monte, el monte;

el monte se descubre donde tiene

su buen rocín el gran Belorofonte».

Por el monte se arroja, y a pie viene

Apolo a recebirnos. «Yo lo creo»,

dijo Lofraso, «y llega a la Hipocrene.

Yo desde aquí columbro, miro y veo

que se andan solazando entre unas matas

las Musas con dulcísimo recreo:

unas antiguas son, otras novatas,

y todas con ligero paso y tardo

andan las cinco en pie, las cuatro a gatas».

«Si tú tal ves», dijo Mercurio, «¡oh sardo

poeta!, que me corten las orejas,

o me tengan los hombres por bastardo.

Dime: ¿por qué algún tanto no te alejas

de la ignorancia, pobretón, y adviertes

lo que cantan tus rimas en tus quejas?

¿Por qué con tus mentiras nos diviertes

de recebir a Apolo cual se debe,

por haber mejorado vuestras suertes?»

En esto, mucho más que el viento leve,

bajó el lucido Apolo a la marina,

a pie, porque en su carro no se atreve.

Quitó los rayos de la faz divina,

mostróse en calzas y en jubón vistoso,

porque dar gusto a todos determina.

Seguíale detrás un numeroso

escuadrón de doncellas bailadoras,

aunque pequeñas, de ademán brïoso.

Supe poco después que estas señoras,

sanas las más, las menos malparadas,

las del tiempo y del sol eran las Horas:

las medio rotas eran las menguadas;

las sanas, las felices, y con esto

eran todas en todo apresuradas.

Apolo luego con alegre gesto

abrazó a los soldados que esperaba

para la alta ocasión que se ha propuesto;

y no de un mismo modo acariciaba

a todos, porque alguna diferencia

hacía con los que él más se alegraba;

que a los de señoría y excelencia

nuevos abrazos dio, razones dijo,

en que guardó decoro y preeminencia.

Entre ellos abrazó a don JUAN DE ARGUIJO,

que no sé en qué, o cómo, o cuándo hizo

tan áspero viaje y tan prolijo;

con él a su deseo satisfizo

Apolo, y confirmó su pensamiento:

mandó, vedó, quitó, hizo y deshizo.

Hecho, pues, el sin par recebimiento,

do se halló don LUIS DE BARAHONA,

llevado allí por su merecimiento,

del siempre verde lauro una corona

le ofrece Apolo en su intención, y un vaso

del agua de Castalia y de Helicona;

y luego vuelve el majestoso paso,

y el escuadrón pensado y de repente

le sigue por las faldas del Parnaso.

Llegóse, en fin, a la Castalia fuente,

y, en viéndola, infinitos se arrojaron,

sedientos, al cristal de su corriente:

unos no solamente se hartaron,

sino que pies y manos y otras cosas

algo más indecentes se lavaron;

otros, más advertidos, las sabrosas

aguas gustaron poco a poco, dando

espacio al gusto, a pausas melindrosas.

El bríndez y el caraos se puso en bando,

porque los más de bruces, y no a sorbos,

el süave licor fueron gustando;

de ambas manos hacían vasos corvos

otros, y algunos de la boca al agua

temían de hallar cien mil estorbos.

Poco a poco la fuente se desagua,

y pasa en los estómagos bebientes,

y aún no se apaga de su sed la fragua.

Mas díjoles Apolo: «Otras dos fuentes

aún quedan, Aganipe e Hipocrene,

ambas sabrosas, ambas excelentes;

cada cual de licor dulce y perene,

todas de calidad aumentativa

del alto ingenio que a gustarlas viene».

Beben, y suben por el monte arriba,

por entre palmas y entre cedros altos

y entre árboles pacíficos de oliva;

de gusto llenos y de angustia faltos,

siguiendo a Apolo el escuadrón camina,

unos a pedicoj, otros a saltos.

Al pie sentado de una antigua encina,

vi a ALONSO DE LEDESMA, componiendo

una canción angélica y divina;

conocíle, y a él me fui corriendo

con los brazos abiertos como amigo,

pero no se movió con el estruendo.

«¿No ves», me dijo Apolo, «que consigo

no está Ledesma agora? ¿No ves claro

que está fuera de sí y está conmigo?»

A la sombra de un mirto, al verde amparo,

JERÓNIMO DE CASTRO sesteaba,

varón de ingenio peregrino y raro;

un motete imagino que cantaba

con voz süave; yo quedé admirado

de verle allí, porque en Madrid quedaba.

Apolo me entendió y dijo: «Un soldado

como éste no era bien que se quedara

entre el ocio y el sueño sepultado.

Yo le truje, y sé cómo, que a mi rara

potencia no la impide otra ninguna,

ni inconviniente alguno la repara».

En esto, se llegaba la oportuna

hora, a mi parecer, de dar sustento

al estómago pobre, y más si ayuna.

Pero no le pasó por pensamiento

a Delio, que el ejército conduce,

satisfacer al mísero hambriento.

Primero a un jardín rico nos reduce,

donde el poder de la Naturaleza

y el de la industria más campea y luce.

Tuvieron los Hespérides belleza

menor; no le igualaron los Pensiles

en sitio, en hermosura y en grandeza;

en su comparación, se muestran viles

los de Alcinoo, en cuyas alabanzas

se han ocupado ingenios bien sotiles.

No sujeto del tiempo a las mudanzas,

que todo el año primavera ofrece

frutos en posesión, no en esperanzas,

Naturaleza y arte allí parece

andar en competencia, y está en duda

cuál vence de las dos, cuál más merece.

Muéstrase balbuciente y casi muda,

si le alaba, la lengua más experta,

de adulación y de mentir desnuda.

Junto con ser jardín, era una huerta,

un soto, un bosque, un prado, un valle ameno,

que en todos estos títulos concierta,

de tanta gracia y hermosura lleno,

que una parte del cielo parecía

el todo del bellísimo terreno.

Alto en el sitio alegre Apolo hacía,

y allí mandó que todos se sentasen

a tres horas después de mediodía;

y porque los asientos señalasen

el ingenio y valor de cada uno,

y unos con otros no se embarazasen,

a despecho y pesar del importuno

ambicioso deseo, les dio asiento

en el sitio y lugar más oportuno.

Llegaban los laureles casi a ciento,

a cuya sombra y troncos se sentaron

algunos de aquel número contento;

otros los de las palmas ocuparon;

de los mirtos y yedras y los robles

también varios poetas albergaron.

Puesto que humildes, eran de los nobles

los asientos cual tronos levantados,

porque tú, ¡oh Envidia!, aquí tu rabia dobles.

En fin, primero fueron ocupados

los troncos de aquel ancho circüito,

para honrar a poetas dedicados,

antes que yo en el número infinito

hallase asiento; y así, en pie quedéme,

despechado, colérico y marchito.

Dije entre mí: «¿Es posible que se estreme

en perseguirme la Fortuna airada,

que ofende a muchos y a ninguno teme?»

Y, volviéndome a Apolo, con turbada

lengua le dije lo que oirá el que gusta

saber, pues la tercera es acabada,

la cuarta parte desta empresa justa.

Suele la indignación componer versos;

pero si el indignado es algún tonto,

ellos tendrán su todo de perversos.

De mí yo no sé más sino que prompto

me hallé para decir en tercia rima

lo que no dijo el desterrado a Ponto;

y así le dije a Delio: «No se estima,

señor, del vulgo vano el que te sigue

y al árbol sacro del laurel se arrima;

la envidia y la ignorancia le persigue,

y así, envidiado siempre y perseguido,

el bien que espera por jamás consigue.

Yo corté con mi ingenio aquel vestido

con que al mundo la hermosa Galatea

salió para librarse del olvido.

Soy por quien La Confusa, nada fea,

pareció en los teatros admirable,

si esto a su fama es justo se le crea.

Yo, con estilo en parte razonable,

he compuesto comedias que en su tiempo

tuvieron de lo grave y de lo afable.

Yo he dado en Don Quijote pasatiempo

al pecho melancólico y mohíno,

en cualquiera sazón, en todo tiempo.

Yo he abierto en mis Novelas un camino

por do la lengua castellana puede

mostrar con propiedad un desatino.

Yo soy aquel que en la invención excede

a muchos; y al que falta en esta parte,

es fuerza que su fama falta quede.

Desde mis tiernos años amé el arte

dulce de la agradable poesía,

y en ella procuré siempre agradarte.

Nunca voló la pluma humilde mía

por la región satírica: bajeza

que a infames premios y desgracias guía.

Yo el soneto compuse que así empieza,

por honra principal de mis escritos:

¡Voto a Dios, que me espanta esta grandeza!

Yo he compuesto romances infinitos,

y el de Los celos es aquel que estimo,

entre otros que los tengo por malditos.

Por esto me congojo y me lastimo

de verme solo en pie, sin que se aplique

árbol que me conceda algún arrimo.

Yo estoy, cual decir suelen, puesto a pique

para dar a la estampa al gran Pirsiles,

con que mi nombre y obras multiplique.

Yo, en pensamientos castos y sotiles,

dispuestos en soneto[s] de a docena,

he honrado tres sujetos fregoniles.

También, al par de Filis, mi Silena

resonó por las selvas, que escucharon

más de una y otra alegre cantilena,

y en dulces varias rimas se llevaron

mis esperanzas los ligeros vientos,

que en ellos y en la arena se sembraron.

Tuve, tengo y tendré los pensamientos,

merced al cielo que a tal bien me inclina,

de toda adulación libres y esentos.

Nunca pongo los pies por do camina

la mentira, la fraude y el engaño,

de la santa virtud total rüina.

Con mi corta fortuna no me ensaño,

aunque por verme en pie como me veo,

y en tal lugar, pondero así mi daño.

Con poco me contento, aunque deseo

mucho». A cuyas razones enojadas,

con estas blandas respondió Timbreo:

«Vienen las malas suertes atrasadas,

y toman tan de lejos la corriente,

que son temidas, pero no escusadas.

El bien les viene a algunos de repente,

a otros poco a poco y sin pensallo,

y el mal no guarda estilo diferente.

El bien que está adquerido, conservallo

con maña, diligencia y con cordura,

es no menor virtud que el granjeallo.

Tú mismo te has forjado tu ventura,

y yo te he visto alguna vez con ella,

pero en el imprudente poco dura.

Mas, si quieres salir de tu querella,

alegre y no confuso, y consolado,

dobla tu capa y siéntate sobre ella;

que tal vez suele un venturoso estado,

cuando le niega sin razón la suerte,

honrar más merecido que alcanzado».

«Bien parece, señor, que no se advierte»,

le respondí, «que yo no tengo capa».

Él dijo: «Aunque sea así, gusto de verte.

La virtud es un manto con que tapa

y cubre su indecencia la estrecheza,

que esenta y libre de la envidia escapa».

Incliné al gran consejo la cabeza;

quedéme en pie, que no hay asiento bueno

si el favor no le labra o la riqueza.

Alguno murmuró, viéndome ajeno

del honor que pensó se me debía,

del planeta de luz y virtud lleno.

En esto pareció que cobró el día

un nuevo resplandor, y el aire oyóse

herir de una dulcísima armonía.

Y, en esto, por un lado descubrióse

del sitio un escuadrón de ninfas bellas,

con que infinito el rubio dios holgóse.

Venía en fin y por remate dellas

una resplandeciendo, como hace

el sol ante la luz de las estrellas;

la mayor hermosura se deshace

ante ella, y ella sola resplandece

sobre todas, y alegra y satisface.

Bien así semejaba cual se ofrece

entre líquidas perlas y entre rosas

la Aurora que despunta y amanece;

la rica vestidura, las preciosas

joyas que la adornaban, competían

con las que suelen ser maravillosas.

Las ninfas que al querer suyo asistían,

en el gallardo brío y bello aspecto,

las artes liberales parecían;

todas con amoroso y tierno afecto,

con las ciencias más claras y escondidas,

le guardaban santísimo respecto;

mostraban que en servirla eran servidas,

y que por su ocasión de todas gentes

en más veneración eran tenidas.

Su influjo y su reflujo las corrientes

del mar y su profundo le mostraban,

y el ser padre de ríos y de fuentes.

Las yerbas su virtud la presentaban;

los árboles, sus frutos y sus flores;

las piedras, el valor que en sí encerraban.

El santo amor, castísimos amores;

la dulce paz, su quïetud sabrosa;

la guerra amarga, todos sus rigores.

Mostrábasele clara la espaciosa

vía por donde el sol hace contino

su natural carrera y la forzosa.

La inclinación o fuerza del destino,

y de qué estrellas consta y se compone,

y cómo influye este planeta o signo,

todo lo sabe, todo lo dispone

la santa y hermosísima doncella,

que admiración como alegría pone.

Preguntéle al parlero si en la bella

ninfa alguna deidad se disfrazaba

que fuese justo el adorar en ella;

porque en el rico adorno que mostraba,

y en el gallardo ser que descubría,

del cielo y no del suelo semejaba.

«Descubres», respondió, «tu bobería;

que ha que la tratas infinitos años,

y no conoces que es la Poesía».

«Siempre la he visto envuelta en pobres paños»,

le repliqué; «jamás la vi compuesta

con adornos tan ricos y tamaños;

parece que la he visto descompuesta,

vestida de color de primavera

en los días de cutio y los de fiesta».

«Esta, que es la Poesía verdadera,

la grave, la discreta, la elegante»,

dijo Mercurio, «la alta y la sincera,

siempre con vestidura rozagante

se muestra en cualquier acto que se halla,

cuando a su profesión es importante.

Nunca se inclina o sirve a la canalla

trovadora, maligna y trafalmeja,

que en lo que más ignora menos calla.

Hay otra falsa, ansiosa, torpe y vieja,

amiga de sonaja y morteruelo,

que ni tabanco ni taberna deja;

no se alza dos ni aun un coto del suelo,

grande amiga de bodas y bautismos,

larga de manos, corta de cerbelo.

Tómanla por momentos parasismos;

no acierta a pronunciar, y si pronuncia,

absurdos hace y forma solecismos.

Baco, donde ella está, su gusto anuncia,

y ella derrama en coplas el poleo,

con pa y vereda, y el mastranzo y juncia.

Pero aquesta que ves es el aseo,

la [g]ala de los cielos y la tierra,

con quien tienen las Musas su bureo;

ella abre los secretos y los cierra,

toca y apunta de cualquiera ciencia

la superficie y lo mejor que encierra.

Mira con más ahínco su presencia:

verás cifrada en ella la abundancia

de lo que en bueno tiene la excelencia;

moran con ella en una misma estancia

la divina y moral filosofía,

el estilo más puro y la elegancia;

puede pintar en la mitad del día

la noche, y en la noche más escura

el alba bella que las perlas cría;

el curso de los ríos apresura,

y le detiene; el pecho a furia incita,

y le reduce luego a más blandura;

por mitad del rigor se precipita

de las lucientes armas contrapuestas,

y da vitorias y vitorias quita.

Verás cómo le prestan las florestas

sus sombras, y sus cantos los pastores,

el mal sus lutos y el placer sus fiestas,

perlas el Sur, Sabea sus olores,

el oro Tíbar, Hibla su dulzura,

galas Milán y Lusitania amores.

En fin, ella es la cifra do se apura

lo provechoso, honesto y deleitable,

partes con quien se aumenta la ventura.

Es de ingenio tan vivo y admirable,

que a veces toca en puntos que suspenden,

por tener no sé qué de inescrutable.

Alábanse los buenos, y se ofenden

los malos con su voz, y destos tales

unos la adoran, otros no la entienden.

Son sus obras heroicas inmortales;

las líricas, süaves de manera

que vuelven en divinas las mortales.

Si alguna vez se muestra lisonjera,

es con tanta elegancia y artificio,

que no castigo sino premio espera.

Gloria de la virtud, pena del vicio

son sus acciones, dando al mundo en ellas

de su alto ingenio y su bondad indicio».

En esto estaba, cuando por las bellas

ventanas de jazmines y de rosas

(que Amor estaba, a lo que entiendo, en ellas),

divisé seis personas religiosas,

al parecer de honroso y grave aspecto,

de luengas togas, limpias y pomposas.

Preguntéle a Mercurio: «¿Por qué efecto

aquéllos no parecen y se encubren,

y muestran ser personas de respecto?»

A lo que él respondió: «No se descubren,

por guardar el decoro al alto estado

que tienen, y así el rostro todos cubren».

«¿Quién son», le repliqué, «si es que te es dado

dicirlo?» Respondióme: «No, por cierto,

porque Apolo lo tiene así mandado».

«¿No son poetas?» «Sí». «Pues yo no acierto

a pensar por qué causa se desprecian

de salir con su ingenio a campo abierto.

¿Para qué se embobecen y se anecian,

escondiendo el talento que da el cielo

a los que más de ser suyos se precian?

¡Aquí del rey! ¿Qué es esto? ¿Qué recelo

o celo les impele a no mostrarse

sin miedo ante la turba vil del suelo?

¿Puede ninguna ciencia compararse

con esta universal de la Poesía,

que límites no tiene do encerrarse?

Pues, siendo esto verdad, saber querría,

entre los de la carda, cómo se usa

este miedo, o melindre, o hipocresía.

Hace monseñor versos y rehúsa

que no se sepan, y él los comunica

con muchos, y a la lengua ajena acusa;

y más que, siendo buenos, multiplica

la fama su valor, y al dueño canta

con voz de gloria y de alabanza rica.

¿Qué mucho, pues, si no se le levanta

testimonio a un pontífice poeta,

que digan que lo es? Por Dios, que espanta.

Por vida de Lanfusa la discreta,

que si no se me dice quién son estos

togados de bonete y de muceta,

que con trazas y modos descompuestos

tengo de reducir a behetría

estos tan sosegados y compuestos».

«Por Dios», dijo Mercurio, «y a fee mía,

que no puedo decirlo, y si lo digo,

tengo de dar la culpa a tu porfía».

«Dilo, señor, que desde aquí me obligo

de no decir que tú me lo dijiste»,

le dije, «por la fe de buen amigo».

Él dijo: «No nos cayan en el chiste,

llégate a mí, dirételo al oído,

pero creo que hay más de los que viste:

aquél que has visto allí del cuello erguido,

lozano, rozagante y de buen talle,

de honestidad y de valor vestido,

es el doctor FRANCISCO SÁNCHEZ; dalle

puede, cual debe, Apolo la alabanza,

que pueda sobre el cielo levantalle;

y aun a más su famoso ingenio alcanza,

pues en las verdes hojas de sus días

nos da de santos frutos esperanza.

Aquél que en elevadas fantasías

y en éstasis sabrosos se regala,

y tanto imita las acciones mías,

es el maestro HORTENSIO, que la gala

se lleva de la más rara elocuencia

que en las aulas de Atenas se señala;

su natural ingenio con la ciencia

y ciencias aprendidas le levanta

al grado que le nombra la excelencia.

Aquél de amarillez marchita y santa,

que le encubre de lauro aquella rama

y aquella hojosa y acopada planta,

fray JUAN BAPTISTA CAPATAZ se llama:

descalzo y pobre, pero bien vestido

con el adorno que le da la fama.

Aquél que del rigor fiero de olvido

libra su nombre con eterno gozo,

y es de Apolo y las Musas bien querido,

anciano en el ingenio y nunca mozo,

humanista divino, es, según pienso,

el insigne doctor ANDRÉS DEL POZO.

Un licenciado de un ingenio inmenso

es aquél, y, aunque en traje mercenario,

como a señor le dan las Musas censo;

RAMÓN se llama, auxilio necesario

con que Delio se esfuerza y ve rendidas

las obstinadas fuerzas del contrario.

El otro, cuyas sienes ves ceñidas

con los brazos de Dafne en triunfo honroso,

sus glorias tiene en Alcalá esculpidas;

en su ilustre teatro vitorioso

le nombra el cisne, en canto no funesto,

siempre el primero, como a más famoso;

a los donaires suyos echó el resto

con propriedades al gorrón debidas,

por haberlos compuesto o descompuesto.

Aquestas seis personas referidas,

como están en divinos puestos puestas,

y en sacra religión constitüidas,

tienen las alabanzas por molestas

que les dan por poetas, y holgarían

llevar la loa sin el nombre a cuestas».

«¿Por qué», le pregunté, «señor, porfían

los tales a escribir y dar noticia

de los versos que paren y que crían?

También tiene el ingenio su codicia,

y nunca la alabanza se desprecia

que al bueno se le debe de justicia.

Aquél que de poeta no se precia,

¿para qué escribe versos y los dice?

¿Por qué desdeña lo que más aprecia?

Jamás me contenté ni satisfice

de hipócritos melindres: llanamente

quise alabanzas de lo que bien hice».

«Con todo, quiere Apolo que esta gente

religiosa se tenga aquí secreta»,

dijo el dios que presume de elocuente.

Oyóse, en esto, el son de una corneta,

y un «¡trapa, trapa, aparta, afuera, afuera,

que viene un gallardísimo poeta!»

Volví la vista y vi por la ladera

del monte un postillón y un caballero

correr, como se dice, a la ligera;

servía el postillón de pregonero,

mucho más que de guía, a cuyas voces

en pie se puso el escuadrón entero.

Preguntóme Mercurio: «¿No conoces

quién es este gallardo, este brïoso?

Imagino que ya le reconoces».

«Bien sé», le respondí, «que es el famoso

gran don SANCHO DE LEIVA, cuya espada

y pluma harán a Delio venturoso;

venceráse sin duda esta jornada

con tal socorro». Y, en el mismo instante,

cosa que parecía imaginada,

otro favor no menos importante

para el caso temido se nos muestra,

de ingenio y fuerzas y valor bastante:

una tropa gentil por la siniestra

parte del monte se descubre, ¡oh cielos,

que dais de vuestra providencia muestra!

Aquel discreto JUAN DE VASCONCELOS

venía delante en un caballo bayo,

dando a las musas lusitanas celos.

Tras él, el capitán PEDRO TAMAYO

venía, y, aunque enfermo de la gota,

fue al enemigo asombro, fue desmayo;

que por él se vio en fuga y puesto en rota,

que en los dudosos trances de la guerra

su ingenio admira y su valor se nota.

También llegaron a la rica tierra,

puestos debajo de una blanca seña,

por la parte derecha de la sierra,

otros, de quien tomó luego reseña

Apolo; y era dellos el primero

el joven don FERNANDO DE LODEÑA,

poeta primerizo, insigne empero,

en cuyo ingenio Apolo deposita

sus glorias para el tiempo venidero.

Con majestad real, con inaudita

pompa llegó, y al pie del monte para

quien los bienes del monte solicita:

el licenciado fue JUAN DE VERGARA

el que llegó, con quien la turba ilustre

en sus vecinos miedos se repara,

de Esculapio y de Apolo gloria y lustre,

si no, dígalo el santo bien partido,

y su fama la misma envidia ilustre.

Con él, fue con aplauso recebido

el docto JUAN ANTONIO DE HERRERA,

que puso en fil el desigual partido.

¡Oh, quién con lengua en nada lisonjera,

sino con puro afecto en grande exceso,

dos que llegaron alabar pudiera!

Pero no es de mis hombros este peso:

fueron los que llegaron los famosos,

los dos maestros CALVO y VALDIVIESO.

Luego se descubrió por los undosos

llanos del mar una pequeña barca

impelida de remos presurosos;

llegó, y al punto della desembarca

el gran don JUAN DE ARGOTE Y DE GAMBOA,

en compañía de don DIEGO ABARCA,

sujetos dignos de incesable loa;

y don DIEGO JIMÉNEZ Y DE ANCISO

dio un salto a tierra desde la alta proa.

En estos tres la gala y el aviso

cifró cuanto de gusto en sí contienen,

como su ingenio y obras dan aviso.

Con JUAN LÓPEZ DEL VALLE otros dos vienen

juntos allí, y es PAMONÉS el uno,

con quien las Musas ojeriza tienen,

porque pone sus pies por do ninguno

los puso, y con sus nuevas fantasías

mucho más que agradable es importuno.

De lejas tierras por incultas vías

llegó el bravo irlandés don JUAN BATEO,

Jerjes nuevo en memoria en nuestros días.

Vuelvo la vista, a MANTÜANO veo,

que tiene al gran VELASCO por mecenas,

y ha sido acertadísimo su empleo;

dejarán estos dos en las ajenas

tierras, como en las proprias, dilatados

sus nombres, que tú, Apolo, así lo ordenas.

Por entre dos fructíferos collados

(¿habrá quien esto crea, aunque lo entienda?)

de palmas y laureles coronados,

el grave aspecto del abad MALUENDA

pareció, dando al monte luz y gloria

y esperanzas de triunfo en la contienda;

pero, ¿de qué enemigos la vitoria

no alcanzará un ingenio tan florido

y una bondad tan digna de memoria?

Don ANTONIO GENTIL DE VARGAS, pido

espacio para verte, que llegaste

de gala y arte y de valor vestido;

y, aunque de patria ginovés, mostraste

ser en las musas castellanas docto,

tanto, que al escuadrón todo admiraste.

Desde el indio apartado del remoto

mundo, llegó mi amigo MONTESDOCA,

y el que anudó de Arauco el nudo roto;

dijo Apolo a los dos: «A entrambos toca

defender esta vuestra rica estancia

de la canalla de vergüenza poca,

la cual, de error armada y de arrogancia,

quiere canonizar y dar renombre

inmortal y divino a la ignorancia;

que tanto puede la afición que un hombre

tiene a sí mismo, que, ignorante siendo,

de buen poeta quiere alcanzar nombre».

En esto, otro milagro, otro estupendo

prodigio se descubre en la marina,

que en pocos versos declarar pretendo.

Una nave a la tierra tan vecina

llegó, que desde el sitio donde estaba

se ve cuanto hay en ella y determina;

de más de cuatro mil salmas pasaba

(que otros suelen llamarlas toneladas),

ancho de vientre y de estatura brava:

así como las naves que cargadas

llegan de la oriental India a Lisboa,

que son por las mayores estimadas,

ésta llegó desde la popa a proa

cubierta de poetas, mercancía

de quien hay saca en Calicut y en Goa.

Tomóle al rojo dios alferecía

por ver la muchedumbre impertinente

que en socorro del monte le venía,

y en silencio rogó devotamente

que el vaso naufragase en un momento

al que gobierna el húmido tridente.

Uno de los del número hambriento

se puso en esto al borde de la nave,

al parecer mohíno y malcontento;

y, en voz que ni de tierna ni süave

tenía un solo adárame, gritando

dijo, tal vez colérico y tal grave,

lo que impaciente estuve yo escuchando,

porque vi sus razones ser saetas

que iban mi alma y corazón clavando.

«¡Oh tú», dijo, «traidor, que los poetas

canonizaste de la larga lista,

por causas y por vías indirectas!

¿Dónde tenías, magancés, la vista

aguda de tu ingenio, que, así ciego,

fuiste tan mentiroso coronista?

Yo te confieso, ¡oh bárbaro!, y no niego

que algunos de los muchos que escogiste

sin que el respeto te forzase o el ruego,

en el debido punto los pusiste;

pero con los demás, sin duda alguna,

pródigo de alabanzas anduviste.

Has alzado a los cielos la fortuna

de muchos que en el centro del olvido,

sin ver la luz del sol ni de la luna,

yacían; ni llamado ni escogido

fue el gran Pastor de Iberia, el gran BERNARDO

que DE LA VEGA tiene el apellido.

Fuiste envidioso, descuidado y tardo,

y a las Ninfas de Henares y pastores

como a enemigos les tiraste un dardo;

y tienes tú poetas tan peores

que éstos en tu rebaño, que imagino

que han de sudar si quieren ser mejores;

que si este agravio no me turba el tino,

siete trovistas desde aquí diviso,

a quien suelen llamar de torbellino,

con quien la gala, discreción y aviso

tienen poco que ver, y tú los pones

dos leguas más allá del Paraíso.

Estas quimeras, estas invenciones

tuyas te han de salir al rostro un día

si más no te mesuras y compones».

Esta amenaza y gran descortesía

mi blando corazón llenó de miedo

y dio al través con la paciencia mía.

Y, volviéndome a Apolo con denuedo

mayor del que esperaba de mis años,

con voz turbada y con semblante acedo

le dije: «Con bien claros desengaños

descubro que el servirte me granjea

presentes miedos de futuros daños.

Haz, ¡oh señor!, que en público se lea

la lista que Cilenio llevó a España,

porque mi culpa poca aquí se vea.

Si tu deidad en escoger se engaña,

y yo sólo aprobé lo que él me dijo,

¿por qué este simple contra mí se ensaña?

Con justa causa y con razón me aflijo

de ver cómo estos bárbaros se inclinan

a tenerme en temor duro y prolijo:

unos, porque los puse me abominan;

otros, porque he dejado de ponellos

de darme pesadumbre determinan.

Yo no sé cómo me avendré con ellos:

los puestos se lamentan, los no puestos

gritan, yo tiemblo déstos y de aquéllos.

Tú, señor, que eres dios, dales los puestos

que piden sus ingenios; llama y nombra

los que fueren más hábiles y prestos.

Y porque el turbio miedo que me asombra

no me acabe, acabada esta contienda,

cúbreme con tu mano y con tu sombra,

o ponme una señal por do se entienda

que soy hechura tuya y de tu casa,

y así no habrá ninguno que me ofenda».

«Vuelve la vista y mira lo que pasa»,

fue de Apolo enojado la respuesta,

que ardiendo en ira el corazón se abrasa.

Volvíla, y vi la más alegre fiesta,

y la más desdichada y compasiva

que el mundo vio, ni aun la verá cual ésta.

Mas no se espere que yo aquí la escriba,

sino en la parte quinta, en quien espero

cantar con voz tan entonada y viva,

que piensen que soy cisne y que me muero.